ふたつの夏

両个夏天

［日］谷川俊太郎 著

［日］佐野洋子

邱香凝

刘沐旸 译

北京联合出版公司
Beijing United Publishing Co.,Ltd.

其实夏天难道不是人生仅有一次的吗

每当夏天来到我总会憧憬"这次就是唯一"

可当夏天结束我又觉得哪个夏天都不是人生中的唯一

——引用自本文中"夏天到了"（谷川俊太郎）

序　风与夏天的距离

文／袁琼琼

作家、编剧

　　《两个夏天》是一本很神秘的书。初看时会看不懂，不明白究竟在写什么，既不像纯粹的散文，又不像纯粹的小说。尤其第一篇《钉子》，乍看似乎两位作者在写的内容完全不搭嘎，仔细阅读，才发现佐野部分写的是"正在发生的事"，而谷川写的是多年之后某一天偶然的回忆。以我自身的创作经验看，我认为两位作者在发想合写这本书时，是充满试验性质的，可能只是简单商量了几个重点，便开始各自发挥。

佐野的《钉子》，写的是性启蒙的故事，笔触强烈，承载许多激情。而谷川的"回应"——是的，我认为这个故事，从表象看，似是各自表述，然而深究，就发现是对话。由佐野开启，而谷川的回应——相对于佐野充满兴奋感，带了好奇和想象的叙述，谷川的回应不仅只是"冷静"，事实上接近"回避"。对于谷川，或许佐野太炽烈了。佐野故事中，那个像猴子一般的女孩，脱光了全身，赤裸地让自己浸泡在男孩挖掘的水塘中，而在谷川的"回忆"中，却是："什么都想不起来。那个至今连一次都没喊过的名字几乎已到唇边，却还是说不出来。"而这个无法说出来的名字"既不是母亲的名字，不是妻子的名字，也不是女儿的名字"。

　　换言之，不是俗世里的名字。或许对谷川而言，那具有更高的意义。然而对于俗世感极强的佐野，这可能是不够的。

　　　　　　　　　　　　　　　　　　两个夏天

到了第二篇《放心待在这里》，谷川直截了当让主角荒谬地死去了。不仅只是死去，似乎还松了一口气，对于死去这件事甚至产生了幸福感。在谷川的描写中，男主角对于活或死都无可无不可，安身于一种"怎样都可以"的状态中。与其说他是在生命中遭遇了什么必须以死来解决的问题，倒不如说像是一种倦怠感。这种倦怠感又不是对于"生"的倦怠或失望，更像是"卡"在生命中间，而死亡是脱离这种困境的方法。故事中以同性恋为借口，似乎问题出在他的性取向上。但若从实际来看，拿掉这三个字，无论是对于佐野或谷川叙述的故事，都毫无影响。因之，"同性恋"的设定出现在这里，有点像一句脏话，带有隐藏的愤怒，而并不具有实质意义。

佐野的书写虽则俏皮，其实文字中有巧妙的宣泄。那个家庭中缺席的男人被随意捏塑，他可以是这样，可以是那样，面貌多端，而没有任何人觉得奇怪。文末揭露，是因为他的存在其实是空白的，他从未被描述。直到骨灰坛送回来，这个不存在的男人，化成了具体的白骨。母女俩将其捣成齑粉，而在工作中，两人"不时用食指沾粉起来舔"。

一九九○年，谷川俊太郎五十九岁，佐野洋子五十二岁。两人之前都有过婚姻，在人生的中后段，选择要厮守，这绝不是鲁莽的决定。然而，毕竟没有走下去。一九九五年出版了这本两人共著的《两个夏天》，隔年宣告仳离。现在看来，非常像是一个挽救婚姻的决定。两个人在这本书中，试图走向对方，却反而是透过书写，看清了双方间的距离。

最终篇的《小敏之墓》，非常非常悲哀。佐野的故事中，妻子疑心丈夫外遇，正逢推销员来推销墓地，于是妻子私自为自己选购了埋骨之处，因为不愿意死后和丈夫葬在一起。

关于作者在写作时，是不是有一些预知能力，这一点暂不讨论。但是事隔数十年后来看这本书，我忍不住觉得，佐野在写作之时已然看到了结局。描写女主角去探视墓园时，佐野写："在让人想拿来盖房子的土地上建设墓园。"那块地视野美好，环山面海，但不是为了共同生活，而是为了终止。

而谷川则描写了一个从未出世的孩子。年老的男人和这个他希望存在，对他来说面貌和个性都十分鲜明的未来的孩子对话。他可以听见她，看见她，甚至想象了这孩子伴他终老，但是她永远不会出现。她的存在只是一些碎片，极不完整，因为命运的走向不让她能够完整。

从谷川的文字中看，他是带有憾意的，甚至带着祈求："你不会死，因为你甚至还没出生。我期待着哪天能见到你。"这微弱的祈求近乎离题了。题目是"小敏之墓"，一落笔即已宣告了结束。

在《夏天来了》诗中，谷川写道：

"每当夏天来到我总会憧憬'这次就是唯一'

可当夏天结束我又觉得哪个夏天都不是人生中的唯一"。

这是风的心情，面前总有别的夏天；但对夏天而言，在经历的时候，是一辈子只有一次的。

某方面，这也就是男人与女人相遇时的心情。

目 录

両个夏天

ふたつの夏

夏天到了

谷川俊太郎

夏天到了

自出生仿佛已经过了许久

刚生下来的时候身上光溜溜的

马上有人给我穿上了雪白柔软的东西

从那以后穿的东西总是换来换去

每到夏天就会想起曾经光溜溜的时候

又冷又热，害怕却也开心

可能当时有点自暴自弃

我渐渐学会了很多东西

学会写字学会吃西瓜学会游泳学会皱眉头

学会喜欢人学会讨厌人也学会不喜欢也不讨厌人

然后忘掉了比学会的更多的事情

其实夏天难道不是人生仅有一次的吗

每当夏天来到我总会憧憬"这次就是唯一"

可当夏天结束我又觉得哪个夏天都不是人生中的唯一

就像是车停了，但不是我要下车的站

总也下不了车会不会是因为来接我的人

都是些连擦肩而过的机会都没有的人啊

知了叫着，太阳火辣辣地照着

远方的水平线都模糊了

夏天又到了

两个夏天

I

钉子

七月十五日　晴

　　爸爸把别墅的栅栏修好了。我将嘴里含着的很
多钉子，一根一根交给爸爸。

　　"拔拔、为思恶酷椰户额冷无记己幽咧？"

　　"笨蛋，不要把钉子放在嘴里讲话，快吐出来。"

　　我把嘴里的钉子吐在手上，流了好多口水。

　　"笨蛋东西，脏死了，别连口水都吐出来啊。"

　　"欸，爸爸，为什么住别墅的人不自己修呢？"

　　"人家是了不起的学者啊，不用做这种事。"

　　"是哦——"爸爸从我手上拿起沾了口水的钉

子，咚咚敲进栅栏。

"因为是学者，健太郎的爸爸才会谁也不理吗？"

爸爸不说话，只是一直敲钉子。

"健太郎说独角仙很臭，所以他不摸。其实一定是他怕虫吧。"

"这表示健太郎脑袋也很好啦。"

每到夏天，健太郎就会和他撑着白色洋伞、漂亮得像姐姐的妈妈及戴黑色帽子、只有眼睛滴溜儿转却完全不笑的爸爸，搭着黑色汽车一起来。

再过两三天，后面那栋别墅的京子和香澄也会穿着有很多蝴蝶结的花边洋装，一样搭着黑色汽车来。我总是站在栅栏这边看。健太郎只跟京子和香澄玩。

京子、香澄和健太郎很少走出别墅的庭院。京子发现我站在那里看，就会过来说：

"你走开啦。"

我把抓到的青蛙用力往京子身上丢。

京子大喊："妈妈！"一副快要哭出来的样子。

我也大喊："妈妈！"

这种时候，穿着水手服的健太郎只是瞪大眼睛，像根柱子似的站在那里。

怎么不快点过来呢。

我在树洞里藏了好多蛇皮，快点过来嘛。

七月二十三日　多云时晴。

　　下午两点过后，由京子开车前往山庄。抵达山庄，打扫、整理完，京子就回去了。晚餐吃带来的面包、布里芝士和半瓶摩泽尔葡萄酒。电视机画质不良。和室地板腐烂的情形更严重了，踩上去松软晃动。这也难怪，毕竟是六十年前盖的房子，在这一带也算破纪录了吧。就连河内山庄今年也终于翻新改建，车库里停着簇新的沃尔沃，看来她的全集卖得很好吧。倒也不怎么羡慕就是了。

　　战前都会从轻便铁道的车站搭出租车过来。不

　　　　　　　　　　　　　　　　两个夏天

知为何，这里的出租车全是黑色敞篷车，不是道奇就是雪佛兰，喇叭也不是橡胶喇叭，都是发电式的，还记得当年为此兴奋不已。此外，尾气的气味也和在东京闻到的不同，小时候一闻到那气味就觉得夏天到了。

不知是汽油的质地改变，还是自己的嗅觉迟钝了，最近已不再闻到那气味了。

玄关的帽架上只挂着一顶陈旧的草帽。如果是麻美小时候戴的，应该要有印象才对。什么时候开始挂在那里的呢？好像快想起来了，结果还是想不出来，心里总有个疙瘩。这种事情也变多了。

一点就寝。之前为了给暖炉点火，翻出一叠麻美的旧少女漫画，挑了一本看着看着就困了。一个人真好。

七月二十三日 雨

妈妈说："下雨了，给别墅送牛奶过去。"平日健太郎会带着马口铁做的牛奶罐来，轻手轻脚走进土间①，说："伯母，请给我牛奶。"我每次都被他吓到。因为他竟然叫妈妈"伯母"。每次一听到他喊伯母，妈妈就扭扭捏捏的，我都觉得好惊讶，妈妈才不是什么伯母啊。

---

① 日式建筑的一部分，介于平地的屋外与架高地板的室内之间，多半与厨房相连。

两个夏天

只要淋雨，健太郎就会发烧。我没撑伞就跑去健太郎家，从檐廊外咚咚敲打玻璃门。坐在书桌前背对这边的健太郎会过来开门。

我说："拿去。"把牛奶罐交给他，健太郎就会说："谢谢。"

"欸，你这样会发烧哦。"健太郎看着我说。我咧嘴笑。虽然我才不想咧嘴笑，但还是咧嘴笑了。我不是什么"你"，也不会发什么烧。

"欸，你知道宇宙的边界在哪里吗？我正在读跟宇宙有关的书。"

我还是咧嘴笑，什么也没说就回来了。

晚上睡觉的时候，我问阿嬷：

"阿嬷，你知道什么是宇宙吗？"

"不知道，快点睡。"阿嬷这么说。

七月二十八日　多云，骤雨。

　　下午散步兼购物，来回走了四公里。骑自行车从身旁经过的年轻人，无论男女毫无例外，全都穿着网球装，行李架上塞着一把网球拍。

　　纸盒装的牛奶一年比一年难喝，不像从前喝得到的地方农家饲养的牛身上刚挤下的新鲜牛奶。那时的牛奶又白又浓稠，有时会掺杂一点枯草在里面。还记得母亲总是神经质地用筛子过滤，而且一定要用牛奶锅煮沸才让我喝。

　　母亲每天早上让我喝一杯牛奶。我虽然不是特别喜欢牛奶，但也不讨厌早晨喝牛奶的时光。当然，那时年纪还小，没有特别意识到这件事，不过，那确实是一种"自己正活在当下，今后也将继续活下去"的感觉。总觉得活着且活下去是非常惆怅又美妙的事。

那时的我隐约预感到的生存滋味，现在的我是否真的品尝到了呢？

京子打电话来，说英语教室生意很好，周末不能过来了。反正借口都是人找的，而我也不认为这么想的自己很低级。

夜里，我走出家门，仰望树缝合的星空。四下安静得可怕，安静得可怕。内心不经意闪过一个念头，原来我一直是对着这片静谧思考的呀。半夜腹痛而醒。腹泻。

八月一日　晴

　　今天，我找到一条很漂亮的蛇皮，又白又干，没有一个地方破掉。我先把它藏在秘密树洞里，然后在健太郎家别墅的栅栏旁一直等。

　　京子和香澄在打乒乓球，白色蕾丝飘啊飘；健太郎坐在旁边，两只脚晃来晃去。

　　我一直等。因为香澄和京子一下就会腻了，然后她们就会散步到河边去。她们要去采河边的花。河边的花长在地上，很容易采。要是我的话，连长在悬崖上的红百合都采得到。

　　　　　　　　　　　　　　　　　　两个夏天

我跟在她们两个后面，模仿装模作样的京子。

一回头看到我，她们就轮流对我说"走开，走开"。

我跑向藏了蛇皮的树洞，躲在里面。只留下最漂亮的一条蛇皮，其他全部抓在手上，趁她们经过树前面时丢出去。

她们两个哇哇大叫，哭了起来。一边大喊"妈妈、妈妈"，一边朝别墅跑走。

我默默从树洞里出来，看着她们两个跑掉。

晚上睡觉时，我想着健太郎说的"宇宙"是什么，好像是很暗的地方。

八月一日　镇日雾雨。

　　上午写了五页斯坦福大学要求的英文论文草稿。这东西等于过去自己研究成绩的摘要，说来也是理所当然，但内容了无新意仍令我不耐烦。

　　小时候，在第一次读的科普书上看到从卫星看土星的想象图，那荒凉之美令我屏息震撼，也促使我走上今天这条路。不过，当时我感受到的究竟是什么呢？最近我开始认为，简单来说，那或许是对人类的厌恶。

　　话虽如此，厌恶的内容并不单纯。没有半个人类的宇宙观确实带给我安心感，但那其中也存在着某种渴望。我渴望肉身能化为遍布的原子，与眼前荒凉的景色合而为一。这或许是一种彻底以自我为中心的欲望，希望与宇宙相对的只有自己一人。

　　这就是为什么我总是对现实中的人保持恐惧。现实中人类的外形，肌肤的温度、气味，明明自己也都有，我却无法完全接受，感觉只有自己是个透明人。一直以来，我都是这样置身事外地思考着世界的样貌，总觉得这就是做学问的方法。如果真的是这样，那我一定错过了什么。

　　用卡带录音机播放巴赫的创意曲，边听边入睡。

八月三日　晴

今天没什么事可做，我跑到后山的悬崖去爬树。

我可以一直往上爬，连草鞋都不用脱。

爬到很高的地方，躲在树叶里，谁都找不到我。

我可以一边摇晃，一边睡午觉。

听见下方的河岸传来丢石头的声音。

低头一看，健太郎穿着一条内裤在河边挖洞。

我吓了一跳，健太郎竟然把衣服脱掉了，只穿内裤。

健太郎瘦巴巴的，皮肤很白，都看到骨头了。

我觉得瘦到看得见骨头很高尚。

两个夏天

离他挖的洞不远处，折叠整齐的水手服放在那里，四颗差不多大小的圆石压在上面，中间放着一本书。

旁边有一块摊开的手帕，上面也压了一颗石头。

健太郎不时停下挖洞的手，走过去拿手帕擦手。

然后，他把书打开，很认真地看，接着又走回洞旁边。洞的形状很奇怪。

健太郎也快成为学者了，所以连挖洞都要查书吗？

洞里渐渐积了水。

健太郎把石头往河里丢，洞愈来愈大，形状好奇怪。

蹲下来时，内裤都弄湿了。健太郎拉开裤头，往里面看，然后脱下了内裤。

瘦巴巴的健太郎露出小鸡鸡。

看到健太郎露出没人保护的小鸡鸡，我好想哭。

两个夏天

健太郎穿上水手服，没穿内裤就直接套上短裤跟鞋子，把湿掉的内裤拿在手上回去了。

　　我一直在树上待到傍晚。

　　晚上睡觉时闭上眼睛，脱光光的健太郎浮现在眼前。

　　皮肤很白又瘦巴巴的健太郎一个人脱光光站在暗暗的地方。

　　那暗暗的地方就是很久以前健太郎说过的宇宙吗？

　　我躲在棉被里哭了。

八月三日　万里无云。

　　费了一番工夫攀下后山悬崖，来到河边，赤脚踏入河里，捡拾石头做了个小水坝。

　　看来自己宝刀未老。无论多么微不足道的事，人类对大自然加工的欲望应该是与生俱来的吧？这种本能是在演化过程的哪个时期形成的呢？河水冰得刺痛皮肤。

　　朝河川上游漫步，在几乎朽坏的圆木桥旁发现一栋似曾相识的废屋。曾经有户人家住在这里，在岸边种豌豆、番茄和马铃薯，冬天烧制木炭，夏天管理好几栋别墅山庄。印象中还有牛圈，每到夏天我们家都会来这里买牛乳。

这户人家有个女儿，名字想不起来了，身手矫健得像山里的野猴子。她常故意捉弄当时年幼的京子和香澄，母亲还曾因此去向那女孩的父亲抱怨。和香澄也十几年不见了，最后一次收到她的明信片记得是从日内瓦寄来的。

睡着前的短短几十秒，有时会分不出是清醒还是睡着。我虽然没有吸毒的经验，但那大概就像吸毒时陷入的迷幻状态吧。感觉身边似乎有个人，彼此并未肌肤相触，却舒服得令人陶醉，大概就在快触碰到那个人时睡着的吧。早晨醒来时还残留着那种快感。那人到底是谁？

八月四日　晴

爸爸从镇上买了一顶帽子给我。

不过那是男生的帽子，上头绑着黑色缎带。我把黑色缎带拿掉。

想去哪里玩，又没地方好去，只好跑到后面的别墅门前走来走去，没看到半个人。

我去了藏蛇皮的树洞，拿出藏在里面最漂亮的那条蛇皮对着太阳高举，看到好多亮晶晶的光点，好漂亮。

我用蛇皮代替缎带绑在帽子上，帽子看起来变

两个夏天

得好高级。

后来我去了河边。昨天健太郎挖的洞还在，里面积了水。伸手一摸，像洗澡水一样温温的。

洞的形状好像一个人，一个张开双手双脚的人，大小跟我差不多。

我脱下衣服，脱下内裤，把帽子放在衣裤上，再用石头压住帽子。

我全身光溜溜的，轻轻躺进洞里。

好温暖，我依着洞的形状张开手脚，闭上眼睛。

温暖的水啪滋啪滋盖过全身，嘴巴和鼻子都湿了。

我躺着不动，张开嘴巴，这样水才不会跑进鼻子。

温暖的水跑进嘴里，好舒服。

太阳公公好刺眼，一闭上眼睛，全世界都变成了大红色。

好想永远永远张开手脚躺在这个洞里。

忽然觉得凉凉的，我睁开眼睛，可是太刺眼了，眼睛好痛，什么都看不到。

好像有个人。

过了一会儿，才看到健太郎像个紫色的影子呆站在那边。

八月四日　时晴。

想喊名字，像幼儿那样地喊名字，那唯一的名字却想不起来。要是能喊出那个名字，至今隐藏在我内心的东西或许会一口气溢出来。

隐约有个印象，仿佛在遥远过去的水中摆荡，那水在阳光下反射出刺眼的光芒。

我看到的是纤瘦的褐色身体。那个身体晒了太阳，散发出枯叶似的气味。光是看着无法满足，我走向那个身体。我把自己的身体叠上那个身体，获得难以言喻的神秘心境。那个身体有名字吗?

　　　　　　　　　　　　　　　　　　两个夏天

总觉得是在河边。那里应该是宇宙的某处，不，那就是宇宙本身。我和那个身体静静地待在宇宙中心，不动也不说话，简直就像出生前就这么做了似的；仿佛死后也会这么做似的。后来，我的身体突然收缩为一点，同时朝四面八方分散。

不知道是无法以言语描述，还是畏惧以言语描述，用了那么多词句描述宇宙基本构造的我，这时却发不出任何言语，那感觉就像一个我全然不解的宇宙与我自以为熟悉的宇宙重叠在一起。

现在我想起来了。就在写着这个的当下，我清楚回想起来了。玄关那顶草帽就是那时捡到的。

我从帽架上拿起帽子，放在写这个时的枕边。试着闻了闻，只有一股霉味。

什么都想不起来。那个至今连一次都没喊过的名字几乎已到唇边，却还是说不出来。既不是母亲的名字，不是妻子的名字，也不是女儿的名字。

八月五日　雨

　　下雨了。妈妈说："去送牛奶。"

　　我说："不要。"妈妈大吃一惊，看着我的脸，什么也不说就把牛奶罐放到我手上，然后继续盯着我。

　　我心不甘情不愿地走出去。

　　走到别墅玻璃门外，我不说话，只是站在那里。

　　健太郎坐在书桌前，背对这边。我打开玻璃门，默默地把牛奶罐放在檐廊上。健太郎像块黏在

　　　　　　　　　　　　　两个夏天

桌边的石头，头也不回一下。

我关上玻璃门拔腿就跑，一跑起来就不知道该在什么时候停下来。

我一直跑一直跑，雨啪啦啪啦打在脸上很痛。

我一直跑到有树洞的树那里，钻进树洞，缩在里面一动也不动，一动也不动很久很久。

一动也不动的时候，就不知道该在什么时候停止一动也不动。

我一直一动也不动。

雨停了，太阳照进来。

我想起昨天忘了带走帽子。

爸爸会发现吗？

我爬下悬崖，走向河边。昨天放帽子的地方不见帽子，只剩下那条最漂亮的蛇皮还在原地。

昨天那个洞里的水增多了，洞已经有点变形，干净的水急匆匆地从那上面流过。

我捡起蛇皮，小心地缠绕在食指上。我盯着一圈一圈缠绕在食指上的有点湿掉的蛇皮，然后舔了一口。

　　没什么味道。我解开蛇皮丢进河里。

　　蛇皮像活生生的蛇一样扭动，急匆匆地随着河水流走了。

九月二日　万里无云。

　　日记几乎中断了一个月。这是个奇妙的夏天，预定要写的论文虽然完成了，但总觉得自己工作得心不在焉。拼凑不齐的记忆碎片不时来袭，困扰着我，要是能像拼图一样完成它，就能看到我人生的大图吗？不，我不这么认为。活着这件事，不像拼图一样有清楚的轮廓。

　　等京子开车来接我的时间，漫无目的地在别墅内散步。站在只有孩提时代去过的栅栏边，找到一种小白花。我当然不知道这花的名字，为了看得更仔细而蹲下来，脚底传来微微的痛感，一根生锈的铁钉掉进凉鞋和脚中间。

　　说不上为什么，我捡起那根钉子，把小白花的事抛在脑后，盯着那根钉子看。那是一根弯成〈字形，锈蚀得快断了的钉子，应该是用来固定栅栏的吧。不知为何，我忽然产生非常怀念的心情，脑中出现愚蠢的念头，心想这钉子是不是要告诉我什么。为什么会这样呢？把钉子放进口袋，大门外传来汽车喇叭声。

Ⅱ 放心待在这里

今天虽然是星期天，但因为是父亲教学观摩日，要去学校。

不过教学观摩十点才开始，早上可以起晚一点。虽然这么想，却热得睡不着。

我一边嚷嚷："吼，好热，好热喔！"一边走下楼。没看到妈妈，我从冰箱里拿牛奶出来喝。

去妈妈房间一看，她还在睡。"欸，这么热，亏你睡得着。"我这么一说，她就回我："拼了命也要睡到九点。"把毛巾盖在头上。"可是今天要去学校吧，你忘了吗？那个。"妈妈从毛巾底下探出头，"对吧，是那个。"跳起来嚷着："冲澡、冲澡！"妈妈冲进浴室。

我们家没有爸爸，今天去学校观摩的是妈妈。从我有记忆时就没爸爸了，参加父亲教学观摩日的总是妈妈。其实班上没爸爸的人有两个，另一个没爸爸的阿隆，他妈妈绝对不会来学校。他妈妈在车站前开一家酒行，阿隆的两个哥哥跟他妈妈一起工作，两个哥哥都是流氓，头发烫得鬈鬈的，其中一个哥哥还没有眉毛。阿隆在学校里有六个还是七个小弟，他们都叫他"老大"。我看阿隆也是流氓预备军，以后肯定会变成流氓。

　　妈妈参加父亲教学观摩日时都会打扮得超级时髦，我非常喜欢。

　　一开始，妈妈先穿上 Y's 的宽松黑色洋装。

　　"欸、欸，小惠，你看这件怎么样？"

　　"好像流氓。"我这么说。

　　"会吗？"妈妈似乎觉得很没趣。她又戴上四个银色手环，哐啷哐啷甩着手环，对着镜子前看后看。

两个夏天

"说得也是，穿成这样不适合参加家长会。"说完，立刻脱下洋装，"还是安分点，走洗练路线吧。"才说完，便换上了三宅一生的白色折纹罩衫，搭配灰色一片裙，走路的时候，连大腿都会露出来。

"小惠，Obris' Obris。"听妈妈这么一喊，我就跑到她床边，从抽屉里的表盒中拿出沉甸甸的银色手表。妈妈卸下哐啷作响的手环，只戴上手表，故作优雅地竖起手说："这样如何？"

"嗯，不错。"我说。

"让那些阴沟老鼠色的大叔们全都拜倒在我的石榴裙下。"妈妈对着镜子重新涂抹口红，咧嘴一笑。

"只要妈妈出马就搞定了啦。"我对妈妈比画出胜利的手势。

妈妈外出时会戴上白色的大帽子和太阳眼镜。

"话说回来，今天还真热。"

两人默不吭声地走了一小段路。

"这次你写了什么？"妈妈问。

"以前当过偶像明星，现在是各地巡回演出的歌手。"

"是哦，搞不好还酒精中毒。"

"只有一只眼睛，另外一边是义眼，眼珠有时会掉出来。"

"你很猛吧，我还以为身障者是禁忌。"

"可是一和我见面就会哭，从拿下眼珠的洞里流出眼泪。"

"这会不会太刺激了。"

"我应该要有这点程度的自由吧，毕竟妈妈的部分已经不能再编了。"

妈妈沉默下来，低着头走路。虽然看不清太阳眼镜下的眼睛，但现在她的眼神应该超凶狠。

两个人都不讲话挺不妙的，因为彼此都能感觉到对方在想什么。

"你看，出现一只了唷，阴沟老鼠。"

山口同学和他那当银行副行长的爸爸一起从高山西装店那条巷子走出来。上了发蜡的头发梳成三七分，看起来很滑稽。明明天气这么热，他还穿了灰色西装打领带，不可思议的是竟然没出汗。

山口同学的爸爸一看到妈妈就一脸狼狈地移开视线。

"欸，妈，那只阴沟老鼠一定觉得你很危险。"我小声对妈妈说。

"那种货色，只要给我十分钟就能搞定了。"妈妈也小声对我说。

"不知道那种人活着有什么好开心的。"妈妈微

微调整了一下帽子，用唱歌似的声音这么说。

　　父亲教学观摩日这天一定得要以"我的爸爸"或"爸爸的工作"为题写作文，在班上朗读。

　　挤满一堆大男人的教室里弥漫着一股男人的臭味。

　　平常的教学观摩日则是充满脂粉味，闷得让人透不过气。不只是闷，是真的很热。

　　几十个大男人排排站，感觉不但阴沉，还一点也不有趣，很无聊。

　　小岛的爸爸是知名棒球选手，其他班级的男生吵吵闹闹地跑来偷看，嘴里发出无意义的"哇哦"。穿上背号十七号的巨人队球衣时或许很帅，换上深蓝色西装刻意低调时就只是个普通大叔，一点都不有趣，也不好笑。

　　即使如此，毕竟是个名人，我刚才也像迷妹一样偷看他。

妈妈连一次都没对我提过爸爸的事。还在上幼儿园时我就知道，绝对不要问妈妈有关爸爸的事比较好。

因为我打死不问，或许是跟我赌气吧，妈妈也绝口不提。

我们都不觉得生活中没有爸爸有什么不便，少了这个人一点也不感到困扰。

妈妈很会打扮，也一天到晚买衣服给我。

妈妈会开车，不管是兜风还是旅行，我们去的次数应该比一般家庭多很多。

有时去海边，有时去游泳池。去滑雪的时候，妈妈会找公司的朋友一起去，都是些年轻男性，他们会教我各种事。

看到爸爸、妈妈和小孩一家和乐的家庭氛围

时，我从来都没有羡慕过，反而觉得那样有点逊。

一年级上工艺课时，老师要大家画爸爸的脸，我吓了一跳。

当时妈妈喜欢哈里森·福特，我就画了应该是哈里森·福特的男人，将其头发画成咖啡色。尽管我画了哈里森·福特，一年级时其他人画的爸爸都有黑点状的胡须，所有人都用肉色蜡笔画脸，再用黑色蜡笔画眼睛、鼻子，每个人的爸爸都不像真正的爸爸。

把那幅画带回家时，妈妈问："这是什么？"我说："哈里森·福特。"她就盯着我看，再盯着那幅应该是哈里森·福特的画，似乎明白了一切。那时她说："他当情人不错，当父亲就难说了，我觉得达斯汀·霍夫曼比较好。"

这就是开端。

接着是作文。以"我的家人"为题的作文，我只写妈妈的事。

老师很贴心，没有故意写下"怎么没有爸爸"之类的评语。

所以，老师好像也下定决心打死不问我关于爸爸的事。同学们就比较笨，像阿道就曾问我："你爸是死了还是还活着？"

我不说话，狠狠瞪了阿道一眼。阿道赶紧移开视线，但我仍旧狠狠瞪了他一分半钟。于是他忽然转移话题，嬉皮笑脸地说："你有几片红白机卡匣？"我一说"车祸"，阿道就眼神闪烁，不再多问什么，只是非常温柔地对我说："今天要不要来我家打游戏？"

"其实是在山中遇难。"我又这么说。阿道嚅嚅嗫嗫地说："很酷嘛。"

"跟你说实话好了……"我这么说，再次恶狠

两个夏天

狠地瞪着他。阿道丢下一句"我要去尿尿"，就咔啦咔啦推开椅子逃跑了。

从此阿道成了我的小弟。

两年前父亲教学观摩日的前一天，妈妈一边看学校发的通知单，一边说：

"那些老师都是笨蛋，为什么每个人脑子里只会想一样的事啊，既无聊又不好玩。小惠，这次换你给他们一顿好看啦。"

那时的我还有点孩子气，喜欢蛋糕、甜点，心想如果我们家是甜点店该有多好，于是回答："那就说是甜点师傅吧。"

"哎呀，那样还得先把牙齿弄烂才行呀。你连一颗蛀牙都没有，这可是伟大的妈妈我用心养育的成果。"妈妈带着一脸无趣的样子说。

"要不然，就说他发明了不会得蛀牙的甜点好了，吃再多也不会得蛀牙的甜点。"

"是哦。"妈妈看着远处说。

妈妈只要一望向远处，我就会心头一惊，从很小的时候就这样了。

所以我养成只要妈妈一望向远处就急着想把她拉回来的习惯。我从身后抱住妈妈撒娇："欸、欸，做甜甜圈给我吃。"

"好啦，好啦。"

我上完钢琴课回家时，妈妈都会做戚风蛋糕给我吃，不是甜甜圈。

蛋糕底下总是垫着漂亮的蕾丝纸，搭配装在顶级皇家哥本哈根瓷器里的红茶。

妈妈个性不服输，动不动就拼命努力。她只要努力起来，多半会做出让我忍不住想比画胜利手势的事。

她动不动就说："才不要输给路上那些妈妈咧。"

这种时候的她一点也不傲慢。

两个夏天

戚风蛋糕往往两个人吃不完。

隔天的作文，我写的爸爸是玩具店老板。不过父亲教学观摩日，老师并未点我站起来朗读作文。

那时我就知道，今后绝对不会有任何一个老师点我起来朗读了。

我认为自己被刻意忽略。从此之后，每个老师都刻意忽略我爸爸的事。

被朋友刻意忽略会很火大，但连老师都刻意忽略爸爸的事时，我却有种赢了的感觉。我认为老师只是没有勇气罢了。

我想，就算妈妈来参加父亲教学观摩日，老师大概也会故意忽视妈妈。这让妈妈内心很不是滋味，才会故意打扮得非常时髦。我认为妈妈很有勇气。

不过，关于爸爸的事，最刻意忽略的人其实是妈妈。

我愈来愈聪明，不再去想甜点师傅或玩具店老

板那种幼稚的事了。

三年级时写的是报社记者。

四年级时写的是外交官。

五年级开始觉得正经职业不好玩，就把他写成歌舞伎舞台上穿一身黑衣默默走动的人。正好在那之前不久，我第一次和妈妈及阿姨去看了歌舞伎。我问阿姨："那个黑色的人是干吗的？"阿姨告诉我："那叫黑子。"

我看不懂歌舞伎，整场盯着黑色的人看。看不到他的脸，就只是一直盯着他。有时回过神来那人就不见了，好像变魔术一样，真不可思议。

回家后我对妈妈说："下次我要写黑子。"妈妈就说："你还真会选，选了这么难的东西，我也得好好调查才行了。"说着，隔天她就买回一本小书。

那本书叫《秀十郎夜话》。妈妈从那天开始读，煮意大利面时一手搅拌锅，一手拿着书看。不时发出赞叹："嗯嗯、嗯嗯，这可真深奥。哎呀，实在有意思，这方向搞不好很不错。"就连吃饭时间也一边读一边吃意大利面。

"首先，你得把他写成上了年纪的老头儿。还有，最好是专门扮演马脚的黑子，马脚可是最难演的哦。还有，记得吗？公主穿的白色和服一瞬间就变成红色那个段子，为这一幕发明了新技术的就是他。还有，他不太常回家，酒精中毒，脾气不好又很阴沉。"

妈妈拿着书劈里啪啦地说。

"为什么不回家？"

"要是他每天回来，你要写的内容就太多了，那不是很麻烦吗？只要写他脾气不好又阴沉，就不必想对话了。不过啊，照这本书的说法，他在外面有女人。没关系，反正你只是个小孩子，不用知道这种事。"

"为什么要说他阴沉？"

"照这本书的说法，是因为被其他演员霸凌。"

"有钱吗？"

"一点也不。"

"那，是因为他不拿钱回家才离婚的吗？"

"这样就得写成他还在哪里活着，很麻烦的。"

"说得也是，目前写过的也全都让他们死掉了。"

"就说是在演马脚时死在舞台上了？"

"后脚还是前脚？"

"前脚啊。然后骑在马上的将军大人还因此整个人跌在舞台上，这样比较有趣。等一下，欸，你觉得前滚翻和向后仰哪个比较好？"

"向后仰比较好。"

"也对。将军大人像青蛙一样往后翻了一圈。不过啊，因为歌舞伎演员都是些过分的家伙，将军大人出了丑很火大，连葬礼都不来。这就是那个人的复仇。"

这是第一次，从妈妈嘴里说出"那个人"三个字。

校园白白的，空空的。

明明有不少父子档走在其中，看起来还是空空的。我想应该是因为校园也在过星期天。

暑气蒸腾。这种热法完全就是夏季里的星期天校园特有的热法，和其他地方的热都不一样。所以我和妈妈走在校园里时，我刻意不去看校园。

比起马路上，走进校园后的妈妈更醒目，愈来愈醒目。

妈妈只要卖力起来，就会愈来愈夸张。

妈妈一走近穿阴沟老鼠色西装的男人们身边，他们就会吓得退开，妈妈身边逐渐形成一个圆形的空间。

两个夏天

我在教室门口和妈妈挥手道别。老师进来了，看起来很紧张，动作比平常僵硬，讲话声音也死板板的。

还有，她说的话听起来很假。平常老师说话已经够假了，教学观摩日就更假了。到了父亲教学观摩日则是超级假，简直就像在模仿电视剧里的老师。

教室里的成年女性只有老师和妈妈两人。两人明明同年，感觉却是完全不同的女人。

我回头看，阴沟老鼠色的父亲们宛如搭上客满电车一样挤在一起，只有妈妈身边空了一块。

老师走向每个人的位子，将昨天要我们写的作文放在桌上。坐我隔壁的绘美写了三张稿纸。

老师走到我身边。

在我桌上默默放了一张稿纸。

稿纸上只有名字，其他一片空白。

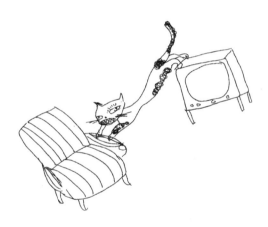

我连一次也没写过作文。

老师从来没说什么。

妈妈早就知道我交出去的稿纸总是一片空白。

那个夏天，我不想活。虽然也不是想死，就是觉得活着好麻烦，原因不清楚。虽然那个夏天比往年热，但我房间有新冷气，身体也没什么毛病，没有被谁甩掉，也不是没有钱。要是有任何一个这种理由，我想我一定能活下去。想变得更健康，想被谁所爱，想赚更多钱，每一个都是很平凡但足以让人积极向前的理由。可是，若问那年夏天我对一切感到心满意足吗？答案好像又不是很肯定。在别人眼中，我的生活过得应该够好了，自己想想也确实如此。只是，同时我也思考着自己到底有什么不满足。和朋友见面时，经常被说"你看起来好像没什么精神"。我一回答"有吗"，大家就又异口同声地说："大概是中暑了吧。"这类对话使我厌烦，一点也不想继续深入探讨，不想跟朋友聊自己的心理状态。

不想活的心情确实让我不愉快，但也同时让我保持稳定；不想活的想法让我能和世界保持一定距离，或许也因此使我平静。不管做什么都无法热衷，但正因为无法热衷，所以看得清自己在做什么。一边觉得无聊一边做着什么时，会产生一种不知对谁产生的优越感，那阵子我经常认为自己很傲慢。然而，就算不确定不想活的原因是什么，也不能就认为是什么原因都没有。明明不想活，可我也不想把活着当成理所当然的事。生而为人就理所当然地想活下去的这种想法困住了我。

阅读的书籍数量减少了，但也还是习惯性地阅读。读了好几本关于抑郁症或情绪的书，是因为终

两个夏天

究还是想脱离不想活的状态吧？书里写了各种观点，每个看起来都像真理，也很像胡扯。脑中分泌的微小物质能对心理状态造成巨大影响的说法听来很有说服力，但是就算这样我也不想吃药。用药改变自己的感觉就像变成机器，我不喜欢那样。如果不想活下去是一种病，我也想靠自己的力量治好，更何况这到底是不是一种病都很难说。我只是重复过着平凡无奇的日常：早上把吐司放进烤面包机，煮咖啡，看报，接着打电话联络工作。我一方面认为是这些事让我活着，一方面又会从这些事里感到难以忍受的苦痛，总觉得只要不重复这些日常，就能重获新生。话虽如此，即使脱离每天的生活去什么地方旅行，说到底也只是在另一个地方重复一样的日常，这么一想，就提不起劲去执行了。

　　音乐倒是经常听，莫扎特、亨德尔、巴赫，有时戴耳机听着听着就睡着了。入睡时只是一瞬间，却

能产生幸福的心情。不过，睡得满身大汗醒来时的心情就差透了。即使听了喜欢的音乐而心动，也持续不了多久。就算能活在这些片段的时间下，还是得回到同一个地方，我无法逃离这个念头。时间像是一点也没有前进，话虽如此，我也不是缅怀过去。就算想起过去的事，过去就像是一幅独立的画，如此而已。我想，那个夏天我是痛苦的，但我没有发现自己正在痛苦。心情莫名平静，也没有想自杀之类的戏剧性念头，大概连积极推翻活着这件事的精力都没有吧，我甚至连讨厌自己这样的想法都没有。

　　在这样的状态下，某天我死了。那是一场措手不及的意外，说来真的很滑稽，就是天上掉下一个人，后来我才知道，那是个三十二岁的泰国女人，她和我不一样，还有力气自杀。要在建设中的大楼爬阶梯上七楼需要相当程度的精力，听说那时的她满脑子只有这件事，已经管不了那么多了。而我，刚好从那下面经过。女人撞上我，我的脖子因此折断，这件事我一点记忆都没有，眼前瞬间闪过一道光，之后一切便陷入黑暗，连感受什么或想起什么的时间都没有。回过神时，我已经不再活着了。至于为何知道自己已经不再活着，是因为回过神时所在的地方已经不是这里。没有吐司，没有咖啡，也没有报纸，没有任何有形的东西，有的只是又像光又像颜色的什么。不过，我还记得自己是谁。应该说，就算死了我依然只是我。

这件事让我有点失望。不过我也马上发现了一件事，那就是我已经不会再不想活了。因为我已经死了，仔细想想也是理所当然的，但这确实让我心情变好。我完全不知道自己该做什么才好，也不知道自己想做什么，只是感觉得到一个女人愣愣站在身旁，所以姑且说了声"嗨"。说是这么说，不过身体已经不知道去哪了，所以也发不出声音。只是我可以想事情，想法好像也能传达给对方。因为我也清楚感受到女人劈头就传递给我"对不起、对不起"的心情。起初我不明白她为什么道歉，不过马上就想起是她害死我的。我不知道该如何回答才好，毕竟我虽然没想过寻死，但也一直都不想活。

她不由分说地讲起一堆借口。我猜那应该是泰国话，不过并未造成理解上的障碍，死了还真方便。活着的时候，我从事翻译工作，人类竟然有三千种不同语言，这令我感到厌烦。我对她个人的事没什么兴趣，但也知道她的种种痛苦经历是我这种人远远比不上的，我因此莫名感到愧疚。和我不一样，她热切地想活下去，想活下去的心愿却无论如何也无法实现，就这样从建设中的大楼七楼一跃而下。换句话说，她是为了求生而死。她不断地说："其实我一点也不想死，我想活下去。"相较之下，把我卷入这场意外、害死我，对她来说只是微不足道的小事。也不能怪她，知道自己不孤单，知道还有我在时，她似乎很高兴。对于她这样自私的想法，我一点都不生气。

她早早就开始对死亡感到懊悔，我却丝毫没有这种心情，或许可以说我反倒松了一口气。她想起被留下的母亲时，显得很悲伤，我则是对死了之后悲伤这种情绪也不会消失这件事感到惊讶。想起之前交往的男人（我是同性恋），我不怎么觉得他可怜。虽然不知道他对我生前不太想活的心情掌握到什么地步，我突然遭逢意外死亡的事实对他而言或许能带来抚慰吧，我是这么认为的。我和他都经常在谈话中用到"宿命"这两个字，他应该能够接受我的死是种宿命吧。我自私的程度可能不输那个一起死掉的泰国女人，可是，人死之后的人际关系或许只能用这种方式存在。无论死掉的人为活着的人想得再多，对方都已经接收不到了。

泰国女人似乎很挂心七年前死掉的五岁儿子，活着时一直认为死了就能相见，没想到死了之后才发现根本不知道从何找起。毕竟我们周遭没有有形之物，四周只充满说不上是什么颜色的光，眼睛、耳朵、鼻子和手（如果还有这种东西的话）也完全派不上用场。死后我们剩下的只有心情，或许应该这么想比较好。只不过，这时的心情和活着时也不同。该怎么说呢？少了一点急迫性？总觉得一切都趋于平坦。我并不排斥，反而因此感到平静，感觉不错。活着的时候因为知道死亡就等在前方，不免活得匆忙仓促，死了之后前方就什么都没有了，得知这点后，心情变得从容不迫。换句话说，过去与未来都在不知不觉中消失，有的只是现在。活着的人或许觉得这样枯燥乏味，其实倒也不会，当你只拥有当下时，就可以不必对任何事情抱持期待，没有希望就不会有失望；没有狂热就不会有枯燥。

泰国女人一时之间虽然受限于活着时的想法，不久也就适应了死亡，不再把儿子的事放在心上了。她似乎慢慢无法区别自己和儿子的不同。这点我也一样，总觉得自己的存在好像逐渐融入周围的光中。不久前还在啃吐司、喝咖啡的我仿佛是个谎言，就连曾经不想活这件事，现在想起来都觉得有点可笑。怎么会想那种事呢？试着思考自己对什么感到不满足，但就连那也没有意义了。同时涌现的是一种好奇心，想知道若以死去之身再次回到活着的人身边会有什么感觉。她好像也产生了相同的心情，不知是否想回去看看母亲，回过神时身旁已经感觉不到她的气息了。我恍惚地想："啊，在活着的人看来，那就是鬼魂了吧。"

这就是为什么我现在在这里，但正如刚才所说，死后的这里和活着时的这里是完全不同的地方。活着时所谓的关系，是与人之间的关系、与物之间的关系，或是与时代及世界之间的关系，来到这里之后，那些关系全都消失了。话虽如此，我和其他死者也并非就此成为孤独的存在。佛教有"相即相入"的说法，忘了是什么时候了，曾经为了将它翻译为英文，费了好一番工夫。简单来说就是一切都和自己成为一体的感觉。对活着的人解释这个，你们一定觉得无聊吧。来到这里之后我也有所发现，就是关于那种不想活的心情，或许只不过是单纯的一句话而已。

和机械一样，人的身体也会随岁月的流逝而疲乏，身体疲乏了心就疲乏。明明只要说是累了就好，不知为何却要说是不想活。这么一来，心情就会被言语绑架。所以，说不定我只是受语言描述的心情所苦，实际上的心情没那么苦恼。只因为不想把自己类比为机械，就装模作样地把单纯的疲乏说成不想活，说不定只是这样而已。然而那个夏天，我若

是充分休息的话，是否就能驱散疲累了呢？我又不这么认为。说起来，我就是对一切关系感到疲倦了，而这不是休息一下就会好的。令人疲倦的关系也不会在独处时就消失，活着的时候人不管怎么挣扎都无法从关系中逃脱，那是无从修复的。

我虽然不太常想起活着时的事，但还是会不时忽然想起那个夏天的海的颜色。和喜欢的人一起去的那片海，远远地看着那片海时的心旷神怡。海风淡淡的气味也很舒服，那时的我没有不想活的念头，只有那个瞬间活在这里这件事让我感到心满意足。现在的我可以一直拥有当时的心情。或许有人会说我之前不是不想活吗，那现在会不想死吧？但是，这里打从一开始就没有这种选项，我连想都没想过。这里既没有复活的危险，已死的人大概也不会再死一次，所以我放心地待在这里……

好像有人来了，但我实在太热，连看也没去看一眼，穿着短裤站在冷气前掀起衣服扇风。

这么热的天就算外出，外面也不会有人，安静得可笑。一安静就觉得更热。脚踏车经过时明明有声音，还是安安静静地经过。家里明明有客人，感觉还是安安静静。不时传来妈妈在厨房弄什么的声音，还有杯子的声音，之后又恢复一片安静。没怎么听见说话声。客人应该不是女的，女人总是七嘴八舌。尽管空气嗡嗡流动，也不怎么有闹哄哄的感觉。我有时竖起耳朵听，有时继续掀衣服扇风。

啊，客人回去了。听到妈妈在玄关送客的声音。

"你也要保重。"妈妈说。

"就算你这么说，我也不知道该怎么办。"是一个年轻男人的声音。

去喝个麦茶好了。

"我会再跟你联络。"

"好，那就这样，不好意思。"

"说什么不好意思呢。"

"不好意思。"

玄关大门关上的声音。

"欸，那是谁啊？"

我走进客厅，妈妈正扭开流理台的水龙头。

桌上有个白色盒子。

"这是什么？"

"嗯，遗骨。"

"谁的？"这么说的时候，我已经知道了。

"妈。"

我一阵不舒服，走到流理台边。妈妈只是把手放在水龙头底下发呆。

"欸，那个要怎么办？"

妈妈转过头，用毛巾擦手。我关上水龙头。

妈妈重重坐在桌旁的椅子上。我不知道自己该坐哪里才好。平常都坐在她对面，可现在要是坐在对面的话，中间就是装遗骨的盒子，总觉得这样很怪。

我决定坐在妈妈旁边。

"谁拿来的？"

"嗯……"妈妈说。

"欸，要放在这里放到什么时候？一直放这里吗？"

"嗯……"

"欸，难道要在我们家办丧事吗？"

"嗯……"

"欸，这是谁拿来的？"

"嗯……你知道什么是同性恋吗？"

"啊？"

我望向装了遗骨的盒子，然后看看妈妈。妈妈一直盯着盒子看。

我倒没想过会是同性恋。

"知道是知道，但不太知道。"

"就是这么回事。"

"欸，刚才来的人……"

"就是这么回事。"

"为什么遗骨要拿来我们家？"

"因为没离婚啊。这也是当然的嘛，同性恋不能结婚，不用离也没关系。话虽如此，那人还真讲礼数。嗯……"

两个夏天

"帅吗？"

"很帅。"

"应该让我看看的。"

说不定丑得要死。其实我想问的是那个被称为我爸爸的人帅不帅，妈妈的回答或许是指爸爸。

"是个很好的人哦。"

这也不知道是在讲谁。

"好像很可怜。"

到底在讲谁。

"好像是透明的，看得到另一边似的。仿佛跟吃东西、大便这种事八竿子打不着关系，就是这样的人。"

"是生病吗？妈之前就知道吗？"

"我没问，对方也没说。"

"那，这个到底要怎么办？"

"打开看看吧。"

"咦！"

"哎呀，骨头是很干净的啊。再说松田先生……哦，就刚才的那个人说，希望能分骨头给他。"

"干脆全部给他啊。"

"嗯……"

妈妈看着装遗骨的盒子思考着。

"欸，不觉得我们家有佛坛好像也不错吗？"

妈妈一定是想要佛坛。

"咦？那好像祭典时的神轿哦。"

"欸，不觉得每天早上对着牌位拜拜很潮吗？"

妈妈真的想那么做吗？

"拿张宣纸来，还要一双新的免洗筷。"

妈妈开始解开盒子上的白色缎带。

我在桌上摊开宣纸。免洗筷只有"菖蒲寿司"的。

白布底下是个白色木盒，拿起盒盖，里面是白色的圆瓮。妈妈打开瓮盖，最上面的是半圆形的骨头，旁边还有其他各种骨头。

妈妈一拿起那个，就落下白色碎片。妈妈把白色碎片拿起来咬，咔咔作响。

"你也试试看？"

咦？可是我不想被认为没胆，就跟妈妈说："给我小一点的。"妈妈从半圆形骨头角落折下一小块。大概跟小指的指甲差不多大。我用门牙咬，还蛮硬的，完全没味道，舌头感觉刺刺的。

"这是头骨哦，听说是从脚到头按照顺序放进瓮里的。"

妈妈把那个放在宣纸上。

我不确定能不能把刺刺的东西吐出来，就吞下去了。

"分骨是要怎么分才好呢？嗯……"

妈妈盯着骨头看。

"拿研磨钵来，磨杵也要。"

　　　　　　　　　　　　两个夏天

我们两人把骨头全磨成了粉。

不时用食指沾粉起来舔。

花了蛮长一段时间。

这个研磨钵和磨杵，以后还会再用吗？

"我跟你说，我死了之后，别把我的骨灰撒到海里，要好好放进坟墓哦。"

"这个要撒到海里吗？"

"松田先生说被这样托付了。要是一半撒到海里，我会觉得无法安息，但他就是这样的人。"

是这样的人啊。

"剩下的一半一定要好好下葬。"

"欸，你是故意的吧。"

妈妈看了我一眼。

"对，故意的。"

Ⅲ 小敏之墓

小敏之墓

电话铃响了。是个年轻男人的声音，流畅到可笑的地步，完全按照教战手册的说辞说话。我脑中浮现出一个皮肤白皙、个头不高、身材不好的男子，穿着深蓝色西装。说是什么纪念园的人，我一时还没意识到指的是墓园。推销墓地吗？对还这么年轻的我？

谁会死？三十一岁的丈夫、三岁的女儿和二十七岁的我，谁会死掉吗？

"我们家在乡下有墓地。"我不客气地说完，打算挂掉电话。

"那个……恕我失礼，您的先生是次子吧。"我一时说不出话来。那又怎样？反正我们家还没有人预计会死。再说，你怎么知道隆夫是次子？而且还用那种黏腻的声音说。

我用力挂下听筒。不悦如气泡涌上胸口。

女儿敏子把绘本倒着拿在手上看。"不行，香蕉是……要给……大象吃的。"

敏子有着异常的专注力。

一旦注意力集中在某件事上，要让她分神注意别的事可不简单。比方说，她现在明明很想尿尿，屁股不断前后挪动。

"小敏，尿尿，快去尿尿。"

"不去尿尿。"

敏子的屁股已经在地上磨蹭两小时了。

"欸，小敏，去厕所看一下嘛，今天的卫生纸上有长颈鹿哦。"

"没有长颈鹿。"

"去看看嘛。"

"不看长颈鹿。"

要是强迫她站起来，她马上就会哭得像失火似的没完没了，闹上一小时也不停。

我坐在桌边的椅子上，不耐烦地看着屁股不断在地上前移后挪的敏子。

丈夫是次子这种事是从哪推断出来的？有种连月薪多少和内裤图案都被看穿的感觉，我们是不是跟生活在玻璃箱里没两样？

好想吐。

打了电话给麻由美——其实打给谁都行。

"欸，你们家有没有接过推销墓地的电话？"

"那是什么？"

"今天有个什么纪念园的打电话来推销。"

"是哦，推销公寓或别墅的电话倒是接过，墓

地就没有了，是哦。"

"而且对方还知道隆夫是次子这种事，感觉很不舒服。"

"确实令人不舒服。我老公同事遇过推销公寓的人，连他家格局都知道，还跟他说'府上五个人住这样太狭窄了'。"

"好讨厌哦。"

"可是啊，听说那种推销员，有的会带你搭巴士去别墅胜地玩一整天，还发便当。忘了是哪里的阿婆了，专门这样到处玩。"

"好讨厌哦。"

啊——早知道就不要打这通电话。

我慢吞吞地站起来，放着还在地上磨蹭屁股的倔强女儿不管，进房间去打扫。

拿起丢在床上的西装外套，手伸进口袋，掏出揉成一团的手帕；再把手伸进长裤口袋，掏出揉成一团的卫生纸。和卫生纸一起掏出来的还有电影票根，两张连号。

日期是上星期六，他说去仙台出差的那天。星期天晚上才回来。

一个灰色大信封和晚报一起放在信箱里。

一本广告册子装在信封中，封面是看似一家人的照片，站在蓝色天空下的年轻夫妻与他们的父母及小孩微笑着。

阳光之丘纪念园。

照片里看不到任何一座坟墓。

蓝天上以反白字体写着"永恒的安详"。

我把册子装回信封里直接丢掉。

销售手法还真高明，寄送之后马上打电话。

隆夫心情很不错。

"哦！这位太太今天皮肤好清透啊。我也想好好休息到皮肤可以这样呈现透明感的状态啊。可是公司大概想要我的命吧，这星期也不让我休息，这次要去熊本出差，真讨厌。哎，我会不会死掉啊？"

哦？不每星期见面会死是吧。

"早点睡好了，多睡一分钟是一分钟。"

洗完澡出来，连电视播报的体育新闻也不看就钻进房间。

哦？用这种方式装睡，好逃避跟我上床是吧。

一边哄敏子睡觉一边想，他上次跟我上床是什么时候？想不起来了。

嗯，我也太不当一回事了。

"狸猫在泥船上喊，救救我、救救我——泥船咕嘟咕嘟沉下去。"

"狸猫溺水了吗？"

"对，溺水了。"

"狸猫不溺水、不溺水，不要溺水啦。"

敏子抓住我的头发拉扯，哭了起来。

"好好好——狸猫不溺水。"

"狸猫跟兔子是好朋友吗？"

"对啊，狸猫和兔子相亲相爱去远足了。"

怎么可能，狸猫溺水了啦。

我从垃圾桶里捡回灰色信封，站在电话机旁。

星期六早上，隆夫在玄关喊着"糟糕、糟糕"，跑回客厅拿出差用的手提包。

"脑子都磨平了，我看我很快就要痴呆了。"

哦？还得带着根本用不到的手提包出门，真是辛苦你了呢。

哦？就这么迫不及待是吧。

我看磨平的应该不是你的脑子。

哦？哦？哦。

我打电话到阳光之丘纪念园。

和推销员约好要去参观。

确认了家里定存的金额。

敏子在车上很快就睡着了。她是连睡着时也会发挥专注力好好熟睡的小孩。

我没问推销员那些个人资料从哪获得的，就尽量搜集吧，说不定他连隆夫今天住哪家饭店都知道。

推销员用那黏腻的声音说着话。果然如我想象，是个皮肤白皙、个头不高而微胖，不太流汗的男人，有着红艳艳的丰满嘴唇。

"这一区现在买正是时候，不然下一区的价格又更高了。"

"地点靠海，日照也很好。"

"死了还要讲究日照吗？"

"心情会很好的。"

"谁？"

"我啊，心情会很好。卖掉一块好墓地时心情总是非常好。"

"卖坟墓这种工作，你不讨厌吗？"

"咦？为什么要讨厌？成交的客人跟成交前完全不同哦，会露出非常安心的表情。"

"年轻人也会？"

"很少有年轻人来买墓地。"

"我不就是年轻人。"

"老实说，是名册出了差错，另外有位和您府上同名同姓的顾客。不好意思，我万万没想到被搞错的您会对商品感兴趣呢！"

那家人的隆夫也是次子吗？连电话号码一起搞

错了吗？到底是怎么个搞错法。

"不过，虽然有无法诞生到这世上的情形，却没有人不会死，所以请您放心。"

"你对工作还真有热情。"

"我从小就喜欢坟墓。"

"真是个诡异的小孩，是因为你的人生很不幸吗？"

"为什么这么说？我的人生很普通啊。"

男人一边开车，一边频频回头看熟睡的敏子。

"好可爱哦。"每看一次，就会用黏腻的声音这么说。

"我啊，只要一看到小孩子，就好想送他们进好坟墓。"

墓地配这样的视野简直暴殄天物。平缓的山坡绿意盎然，打理得像座高尔夫球场，前方就是大海。

写有数字的白色小木牌像整齐排列的军队。

到处都能看见簇新的坟墓。有竖立的墓碑，有像美国墓园那种埋在地面上的平面墓碑，还有十字架形的墓碑。

原来如此，在让人想拿来盖房子的土地上建设墓园，也难怪价格昂贵。

"最便宜的是哪一区？"

"在这座山崖下方，陡峭的斜坡上。因为会吹到风，要是我就不买那区。"

"决定要不要买的人是我。"

"可是啊……"

敏子咯咯笑着，在平面墓碑上蹦蹦跳。

"不行哦，那下面有人在睡觉觉。"

"没有人睡觉觉。"

"那里是坟墓，跟跑进别人家是一样的意思，不可以这样。"

"小敏。"男人亲昵地喊了我女儿。

"小敏的坟墓会是更好更好的坟墓哦。"

"喂,你干吗说那种莫名其妙的话,很不吉利吧。"

男人抱起敏子。

敏子毫不介意地伸手圈住男人的脖子。

"小敏的坟墓、小敏的坟墓。"

"敏子,这里没有你的坟墓,也没有妈妈的坟墓,只有坏人才会进坟墓。你不要乱抱我女儿,好不好。"

男人准备了日本料理店的便当。

草地上有个新建好的凉亭,也有饮水台。我让敏子洗了手,在凉亭吃午餐。

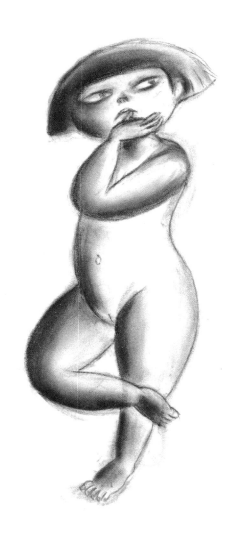

敏子抓着煎蛋卷，在草地上跑来跑去。

我没什么食欲。男人边吃便当，眼睛边追着敏子跑。

我望向大海发呆。

"太太，您最好不要说只有坏人才会进坟墓那种话，因为每个人都需要坟墓。啊！要不要喝咖啡？"

男人从汽车后备箱拿出保冷箱，再从里面拿出罐装咖啡。保冷箱里还有啤酒和果汁。

"天气这么热，我要啤酒。你总是跟客人说今天那些话吗？"

"哪些话？"

"从小就喜欢坟墓之类的，那是公司教你们的行销话术吧？我丑话说在前头，你不适合做这行。"

"为什么呢？"

"你做这行很久了？"

"第三年，我业绩还不错哦。所有卖掉的墓地我都记得，买下墓地的人下葬时，我真心感到高兴。我很喜欢看人们站在坟墓前感慨、说话的场景，因为可以回溯那个人的一生。活着是一件很辛苦的事，对吧？只有想着自己总有一天也会死才活得下去，您不这么认为吗？葬在这里之后，就可以得到清净了，真好。所以还是挑个有日照、有景观的地方才好，毕竟死后的日子更长啊。再说，不管是谁都不会一直憎恨死掉的人，来扫墓的人全都爱着死者，活着时人与人之间可没办法这样，所以我真的很喜欢这份工作。小敏真的很可爱呢。"

星期天上午十点左右，隆夫喜滋滋地回到家。

"飞机里真热，害我满身大汗，先去洗个澡。"

一回来就拉下领带。

哦？从我身边经过时，我明明闻到刚洗好澡的肥皂味，而且还是三宅一生的肥皂味呢。

哦？一天洗两次澡不累吗你？

一块要价两千元，会用这种肥皂的是什么样的女人呢？

原来你们不是去住饭店啊。

哦。

"只有坏人才会进坟墓。"敏子在地上堆积木，玩阳光之丘纪念园家家酒。

隆夫打开报纸，咬着吐司。

"坟墓！"敏子又这么大声喊。

"这家伙怎么了？在说什么啊！"

"小孩就是会这样学习各种新事物啊。"我在吐司上涂满奶油。

我望向隆夫身后放文件的柜子。里面收着要价一百五十万元的墓地收据与权状，还有遗书。

　　我绝对不要和隆夫葬在一起，那是我自己的坟墓。

　　在看得见大海、阳光灿烂的地方。

　　真的是这样没错，就算今后再活五十年，也比不上在那地方待的时间久嘛。

小敏之墓

　　路旁种有成排茂密的樱花树，道路两侧停满汽车。明明停着不动，每辆车尾部都默默喷出淡淡的废气。多半是出租车，但也有车身印着公司名称的面包配送车或宅配货车。头顶阳光灿烂，就算停在树荫下乘凉也没有太大效果。男人熟练地倒车，将白色卡罗拉塞进两辆出租车中间。引擎当然没有熄火，但他还是一度走下车，打开后备箱。回到车上时，手里拿着罐装乌龙茶。罐子在冒汗。放在保冷箱里的罐子不可能会热到流汗，这应该叫水珠吧。喝了一大口茶，从后座的手提箱里拿出小型文字处理机，放在腿上打开。开机后，浮现颜色酷似汽车废气的液晶画面。男人毫不迟疑地开始打字。

　　给小敏：哎呀，好困好困，外公困得受不了，为了消除困意，决定来做个梦。不过，这不是睡着之后做的梦，而是清醒时做的梦，所以得自己想想要做什么梦才行。可是外公困得受不了，连思考都嫌麻烦，小敏能不能帮外公想呢？外公手书。

　　给外公：我讨厌外公。小敏叩上。

　　给小敏：外公牵着你的手走进一家好大好大的购物中心，里面冷气开得很强，强到会冷的地步。你是小孩或许不怕冷，外公已经八十三岁了，皮肤薄得像糯米纸，这样会感冒。老人一感冒就容易得肺炎，得了肺炎可能很快就会死掉。我不怕死，怕的是死了就不能做梦。所以外公先去 GAP 买了爱尔兰风的白毛衣、厚羊毛长裤（颜色是长颈鹿的姜黄色）、毛线袜和大红色的克什米尔羊绒围巾，在店里换上。然后小敏就说"我讨厌外公"。因此我想，得给你买点什么，好讨你欢心。

你想要什么？等你的答案。外公手书。

给外公：我果然还是讨厌外公。小敏叩上。

给小敏：外公其实知道你喜欢什么。虽然知道是什么，但不知道那东西的名称。就是那个黄色细细软软的东西对吧？那是拿来吃的吗？还是拿来玩的？总之我为了找那东西，在好大好大的购物中心绕了一圈又一圈，最后还是没找到。这时，眼前忽然出现一个高个子，是昆茨先生。昆茨先生说：

"你带的那个可爱的女孩是谁？"

"是我的外孙女啊。"

"嗯？你哪有外孙女？你连女儿都没有，这孩子肯定是你不知从哪里诱拐来的。不过这种事跟我一点关系都没有，你应该知道吧，我这阵子都在追旗鱼。"

昆茨先生抓住外公的手臂，他的力气很大，把我抓得很痛。

"这孩子不是你的外孙女，是我的外孙女。你看，她耳朵和鼻子的形状跟我一模一样，不是吗？小姑娘，要不要跟我去吃冰激凌啊？这里有家卖三百六十种口味的冰激凌店哦。"

于是，小敏你小声但清楚地对昆茨先生说：

"我讨厌你。"

昆茨先生笑了，看起来很开心地笑了。

"好久没这样了呢，被人当面说讨厌。大家只会在背后说讨厌我，一面对面又装作喜欢的样子，

这种事总令我非常愤怒。为了答谢你当面、清楚地说讨厌我，我想买东西送你。小姑娘，你想要什么呢？"

惊人的是，你竟然回答"薄荷冰激凌"。于是你点了薄荷冰激凌，外公点了巧克力脆片冰激凌，昆茨先生点了凤梨雪酪来吃。薄荷冰激凌好吃吗？外公手书。

给外公：很难吃。小敏叩上。

给小敏：昆茨先生不是坏人。外公和昆茨先生年轻时一起做了许多有趣的事。有天晚上，我们两人去了宠物店，把三名店员绑起来，再把店里贩卖的动物全部从笼子里放出来。鹦鹉不会飞，踩着踉跄的脚步不知道走到哪儿去了；博美犬就算从笼子里出来也只会在店里转圈圈吠叫；黄金猎犬的幼犬傻愣愣地在昆茨先生鞋子上撒尿；暹罗猫打了个呵欠后，把金鱼吃掉了；乌龟躲在收银机抽屉里；大蜥蜴一溜烟就消失在下水道中；十姊妹停在店门外的电线上……真好玩。外公和昆茨先生都不是坏人。

当年的事就说到这里，还是回头说去购物中心买东西吧。小敏说过自己口袋空空，得买点什么装满你的口袋才行。甜食对身体不好，我想到买玩具。可是小敏你讨厌玩具对吧？于是我去了文具店，买铅笔和小本的笔记簿。小敏，你用这个写日记吧，哪天让外公看你写下的日记。想知道小敏内心在想什么的外公手书。

给外公：你写什么我完全看不懂。你没有所谓的人生吗？我从生下来就一直有我自己的人生，现在我已经十五岁了，不光只是有人生，还得开始思考人生才行。外公，请不要老是把我当小孩。今天我又和妈妈闹不愉快了，我一对着Mac写程式，妈妈就会不高兴。她看我擅长数学这件事不太顺眼。如果书桌没有整理干净，我就会坐立不安，妈妈却是只要一看到书桌整理干净就不舒服，所以她会趁我去上学时故意坐在我的书桌前，用我的铅笔和信纸写信。我不知道她写给谁，难道是写给外公吗？如果是这样就算了。外公会回信给她吗？敏子叩上。

男人停下手，仰起头，但并不是在仰望天空，映入他眼里的只有脏兮兮的车顶，男人并不介意。朝仪表板上的时钟瞥了一眼，接着他从手提箱里拿出移动电话。

"喂，喂？是我。每次都这样不好意思，一如往常又塞车了。现在吗？还在中央高速公路上。差不多要花两小时吧。不过，已经顺利签约了哦。误打误撞竟然成功了，呵呵。"警车从一旁经过。虽然停在这里的车都是违规停车，这么燠热的下午，警察也不想从开着强劲冷气的车子里下来吧，说不定警车也在找位子停。挂上电话，男人重回文字处理机前。

　　给小敏：或许外公无论到什么时候都想把你当成小孩，这对你很失礼吧。话虽如此，在梦中什么都能原谅。你和外公还没走出购物中心，毕竟这家购物中心实在太大了，而且也还没买完东西。别惊讶，这里是夏威夷，而且是夏威夷最大的一座岛——夏威夷岛。外公第一次来这里是高中的时候。我母亲，也就是你的外曾祖母，她帮我买了飞机票。我母亲似乎是嫌我碍事。我父亲，也就是你的外曾祖父死后，母亲有了别的男人，是个不知道在做什么的人。他高兴的时候就来，来的时候总是会带伴手礼，有时是一整条活鲷鱼，有时是一整只还没拔毛的鸭子，有时是一整条牛尾巴，多半是食物。然后，他会在我家厨房熟练地烹煮这些东西。他说不定是日本料理或西洋料理的厨师吧，他煮的东西全都很好吃。他煮饭时，母亲总是和她的女性友人煲电话粥，听来都是在电话里炫耀她的男人。

外公在夏威夷岛待了十天就回日本了，原本预计是要留学一年。那天回到家，母亲和那男人正面对面坐着玩一种叫 UNO 的纸牌游戏，看到我就问，要不要一起玩。外公我那时不知该如何回答才好。想想不是吗？原本应该去一年，却只过了十天就回来，就算被骂也是理所当然。他们至少该表现出惊讶的样子，或者是露出歉疚的表情，找些借口，或是关心我的心情也可以啊。然而，他们两人却若无其事。对我来说，这件事至今还是个谜。后来，男人带来的伴手礼愈来愈吝啬，整条鲷鱼变成切块的鱼肉，鸭肉变成鸡肉，至于鳖就完全没再带来过了。我觉得料理也变难吃了，不过这或许跟母亲开始帮忙下厨有关。

总而言之，就是因为这个渊源，所以现在我们在夏威夷岛的购物中心。你已经十五岁了，有没有什么想要外公买给你的？喜欢购物的外公手书。

附注：你母亲，也就是我女儿，我从来没收过那个人写来的信，她都打电话。

给外公：他买了戒指。不是买给自己的，是买给我的。银制的便宜货，不过戒围刚刚好。他只把戒指拿给我，什么都没说。他很沉默寡言，我说"谢谢"，他就回答"嗯"。看他的眼睛好像有点湿湿的，我吓了一跳。我很喜欢他，他的下巴是我喜欢的型，我们想听的音乐类型也都一样，虽然有时会觉得他是不是在配合我，不过，不管什么都说"嗯"的他让我很高兴。他默不吭声、不回答时，我会觉得很害怕。敏子叩上。

给小敏：外公坐在长椅上差点要打盹了。没看到你的影子，一定是去找刚才说想买的 CD 了吧。这里什么都有，而且所有东西都有标价，让人陷入错觉，以为只要有钱什么都买得到，就忍不住在这大大的购物中心尽情游逛。不过，外公知道，世界上还是有即使有钱也买不到的东西。应该说，有些东西就算不买，只要存在着就好，世界上有许多这种东西。年纪愈大，愈常见到这种东西。外公。

　　给外公：你还活着吗？妈妈去年夏天过世了，是常见的肝脏毛病。我的丈夫是医生，所以妈妈走的时候应该很安心吧，她好像直到最后都以为自己会好。孩子们似乎因为外婆的死大受打击，两人经常半夜醒来窸窸窣窣说话。原来双胞胎也可以谈得来呢。我曾经以为同卵双胞胎心灵相通，她们俩却一天到晚吵架，看来还是各有各的心思。妈妈好像在离婚前就给自己买了墓地，所以我们不用花太多的钱。墓地前方就是海，地点很好。夏威夷岛上一定也有类似的墓园吧。

妈妈死后，我总觉得好像多了解了自己一些。开始做很多梦，每个梦都很难解释，像是穿着粉红色芭蕾舞鞋走在倾盆大雨下的泥泞中，鞋子却一点也没弄脏，这令我感到十分诡异。之后，我开着吉普车走山路上山。丈夫和孩子都不在身边，只有我一个人。场景忽然转变，我开始生蛋，不知道从哪里冒出来的蛋，我不停地生了一个又一个。那是一间像牢狱的房子，房里满满都是蛋。我想着，那些蛋看起来好好吃，真想赶快回家做欧姆蛋。

外公，妈妈是爱我的。小时候我以为她讨厌我，现在我不这么想了。外公爱着谁吗？敏子。

给不管什么时候都是我最爱的小敏：我爱的当

然只有你一个。你说我没有人生，我当然也有人生，爱着你的人生。外公手书。

给外公：我的外孙也出生了，是个男孩，好可爱。他会尿尿，也会大便，还会打呵欠和打嗝。这些事明明自己生孩子时也经历过，却像第一次体验似的好有新鲜感。我女儿（双胞胎的老大）已经回职场工作了，白天就由我照顾外孙。

外公，你帮我换过尿布吗？还是，你只是会写信给我的外公？敏子。

给小敏：你看那一家人，每个人买的东西看起来都好重，只能拖着脚步慢慢走。买了想要的东西应该很幸福，他们看起来却不太开心。戴棒球帽胖得像相扑选手的是爷爷；一边走路一边用空着的那只手按计算器的是爸爸；穿着夏威夷洋装的妈妈忙着骂两个小孩，孩子们叽叽喳喳吵架吵个不停。你说我是羡慕这些人呢，还是同情呢？两者都说不上。只是，那就是我现在看到的，活在我眼前的人们。你应该也看得见吧，一定能看见的。所以，你也用婴儿车推着外孙跟我来吧，小心别跟丢了。今晚我们来吃涮涮锅吧，趁太阳还没下山，把卡式瓦斯炉搬到阳台上，三人一边看夕阳一边吃晚餐。

给外公：这应该是最后一封信了。我想自己这一生是幸福的，女儿和外孙在隔壁房间，我即将进入母亲的坟墓。丈夫去世后没有葬在他家埋葬代代祖先的墓地，他主动说要进入我妈的坟墓，为了将来可以永远和我在一起。丈夫说会一直在那里等我，不过，我只让他等了半年。再见了，外公。敏子。

给小敏：你不会死，因为你甚至还没出生。我

两个夏天

期待着哪天能见到你，这就是我活着的乐趣。外公
手书。

　　男人靠在车椅背上伸一大懒腰。打开车门走下
车，热气瞬间缠绕上来，裹住男人的身体。停成一
排的车依然默默从尾部喷烟。蝉叫了起来。男人打
开后备箱，再次拿出乌龙茶回车上，一副事不关己
的样子，望着文字处理机的屏幕。从画面向下移动
的情形看来，应该是在阅读文章吧。他只咧嘴笑了
一次，看起来不是满意的笑容。这么说来，这笑容
又代表什么呢？好像读完了。按了两三下键盘后，
男人从文字处理机侧面取出一小张记忆卡，装进信
封。封好之后，在信封上写下"给小敏"，然后装进
内袋。接着，他系上安全带，将车子开出去。白色
卡罗拉很快就混入车阵中看不见了。

佐野小姐的信

谷川俊太郎

　　我是个很懒得动笔的人，佐野小姐则写得很勤。素来以有意思的散文获得好评的佐野小姐连写这种没有稿费的信时，也会用写散文的稿纸和钢笔，像演奏即兴爵士乐般流畅地书写。我从手边还留着的她的来信中，选出彼此刚认识时收到的一封信来代替后记。

※

　　前几天做了厚脸皮的请求，真是丢人也（真怪的日语）。

　　好吧，来说做梦的事。可是实在太下流了，搞得我很生气又害怕，再加上处于"鬼压床"状态，要是把内容化作文字写下来，哪天我不小心成了伟人，被拿去拍卖的话就伤脑筋了，所以下次见面时，我再把这下流的梦境讲给你听好了。

我这阵子精神不太好，为了给我打气，永远的情人也不知道有何目的，特地搭飞机给我送高丽人参茶来。上头写的是朝鲜语，到底有什么效果也不知道，就当作是传说中的精力汤吧。我每天咕嘟咕嘟地喝，喝到都会担心万一喝太多是否会产生什么副作用。这玩意儿苦甜苦甜的，比起苦味，甜的部分有一种下流的味道，那是一种让人几乎上瘾的不祥滋味。不过相信就是力量，话说回来，要是真恢复活力了，我这人不晓得会干出什么事，毕竟我一直都预感自己会长命百岁。

然后我剃了个光头，所以现在严禁外出。可是前几天跟朋友约碰面，朋友走进约好的咖啡店，朝店里环顾一圈就出去了。

我以为她是去办什么事，就在里面等，但是怎么等她都没再出现。后来我气得要死，问她搞什么，她竟然坚持"你又不在那间店里，那间店里只有男人"。

隔天，我就把妹妹给我的化妆品和别人忘在我这儿的睫毛膏全部搬出来，把眼睛画得大大的，像只狸猫似的。若说被当成男人和被当成狸猫哪个好，当然宁可选狸猫。儿子被人误认成女孩，我这当妈的被误认成男人，简直就是阿达一族。

我有低血压的毛病，经过审慎考虑，已经放弃找朋友一起吃早餐了。

早上是我最暴躁的时候。

话说回来，尽管不高兴，那种想找人吵架的欲望和伴随而来的豪华绚烂的恶言、恶语、恶态有如泉涌，这不正是大脑活跃的证据吗？真想把这股能量运用在和平的事情上，不知道可不可以在哪里加装什么净化槽之类的东西。

　　然后我啊，需要的是像查泰莱夫人的猎场看守人一样体力佳（不用上床也没关系），像左甚五郎一样手巧，像花心汉一样轻佻，又像机械电机类天才一样聪明的人。

　　我家的狗总是跳过坏掉的栅栏跑出去玩，需要人帮忙修理栅栏。为了不让儿子老是看电视，得把家里的电视弄成只能看三个频道。有没有人能利落地做好这些事啊。如果可以的话，我的车最近状况不好，能爽快地背着我跑到车站也不喘一下是最好的了。

　　在我家修理坏掉的东西或重物时花费多少时间都没关系，唯独背我跑时就像草刈正雄背着狸猫，跑得像韦驮天一样快的，不知会是何方神圣？

　　不过反过来说，男人当然也会对女人开条件吧？最好是健康又笑口常开，做菜洗衣样样行，人美个性温柔，对男人一两次的花心可以笑笑当没这回事，勤俭存私房钱，总是衣着整洁，既能像出色的酒店小姐那样懂得尊崇男人，又能优雅地教育小孩。听了我这样说，谁也笑不出来呢。

今天我家的猫很幸福。因为我做了竹荚鱼泥，将鱼头、鱼骨、鱼皮熬汤给它喝，它高兴得手舞足蹈。平常只能吃看起来可怜兮兮的贫乏猫饲料，所以才能感受到这份幸福吧。

感谢神明让我打下不管对什么事都不奢侈浪费，只要有竹荚鱼骨头就能高兴到手舞足蹈的基础。

写了些无足轻重的垃圾话，请丢进垃圾桶吧。我还无法发挥实力。

应该有很多错漏字（平常工藤先生都会用红笔帮我修正），请见谅。

（一九八七年／原文照登）

图书在版编目（CIP）数据

两个夏天 / (日) 谷川俊太郎, (日) 佐野洋子著；邱香凝,
刘沐旸译. -- 北京：北京联合出版公司, 2021.11

ISBN 978-7-5596-5479-3

Ⅰ. ①两… Ⅱ. ①谷… ②佐… ③邱… ④刘… Ⅲ. ①中篇
小说 – 日本 – 现代 Ⅳ. ①I313.45

中国版本图书馆CIP数据核字(2021)第158402号

北京市版权局著作权合同登记号　图字：01-2021-3475

FUTATSU NO NATSU by Shuntaro TANIKAWA, Yoko SANO
Illustrations by Yoko SANO
© Shuntaro TANIKAWA & JIROCHO, Inc. 2018
All rights reserved.
Original Japanese edition published by SHOGAKUKAN.
Traditional Chinese (in complex characters) translation rights arranged with SHOGAKUKAN
through Bardon-Chinese Media Agency.
本简体中文版翻译由木马文化事业股份有限公司授权

两个夏天

作　　者：（日）谷川俊太郎、（日）佐野洋子
出 品 人：赵红仕
责任编辑：龚　将
封面设计：広岛 Alvin

北京联合出版公司出版
（北京市西城区德外大街 83 号楼 9 层　100088）
北京时代华语国际传媒股份有限公司发行
北京中科印刷有限公司印刷　新华书店经销
字数 53 千字　880 毫米×1230 毫米　1/32　4.875 印张
2021 年 11 月第 1 版　2021 年 11 月第 1 次印刷
ISBN 978-7-5596-5479-3
定价：48.00 元